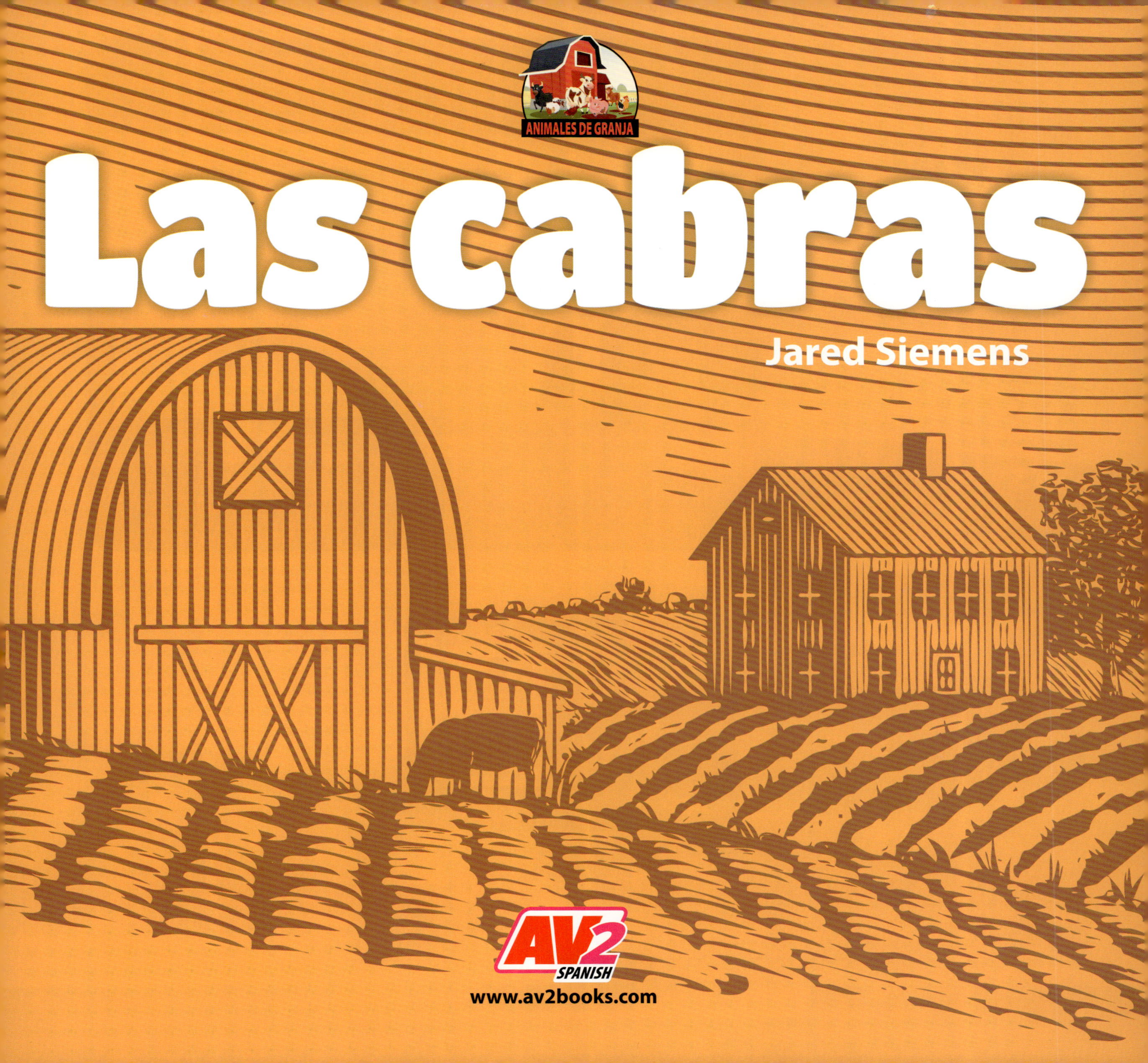
ANIMALES DE GRANJA
Las cabras
Jared Siemens
AV2
SPANISH
www.av2books.com

Step 1
Go to **www.av2books.com**

Step 2
Enter this unique code

AVC23656

Step 3
Explore your interactive eBook!

AV2 Spanish is optimized for use on any device

Media Enhanced Book
Every hardcover Spanish title comes with two free eBooks for a complete bilingual experience

AV2 Page Controls
An intuitive design allows users to go back and forth through the pages in their selected language

Language Toggle
Users can toggle between Spanish and English to learn the vocabulary of both languages

View new titles and product videos at www.av2books.com

Las cabras

En este libro, aprenderás

- cómo son
- qué hacen
- qué comen
- por qué se crían
- ¡y mucho más!

Las c

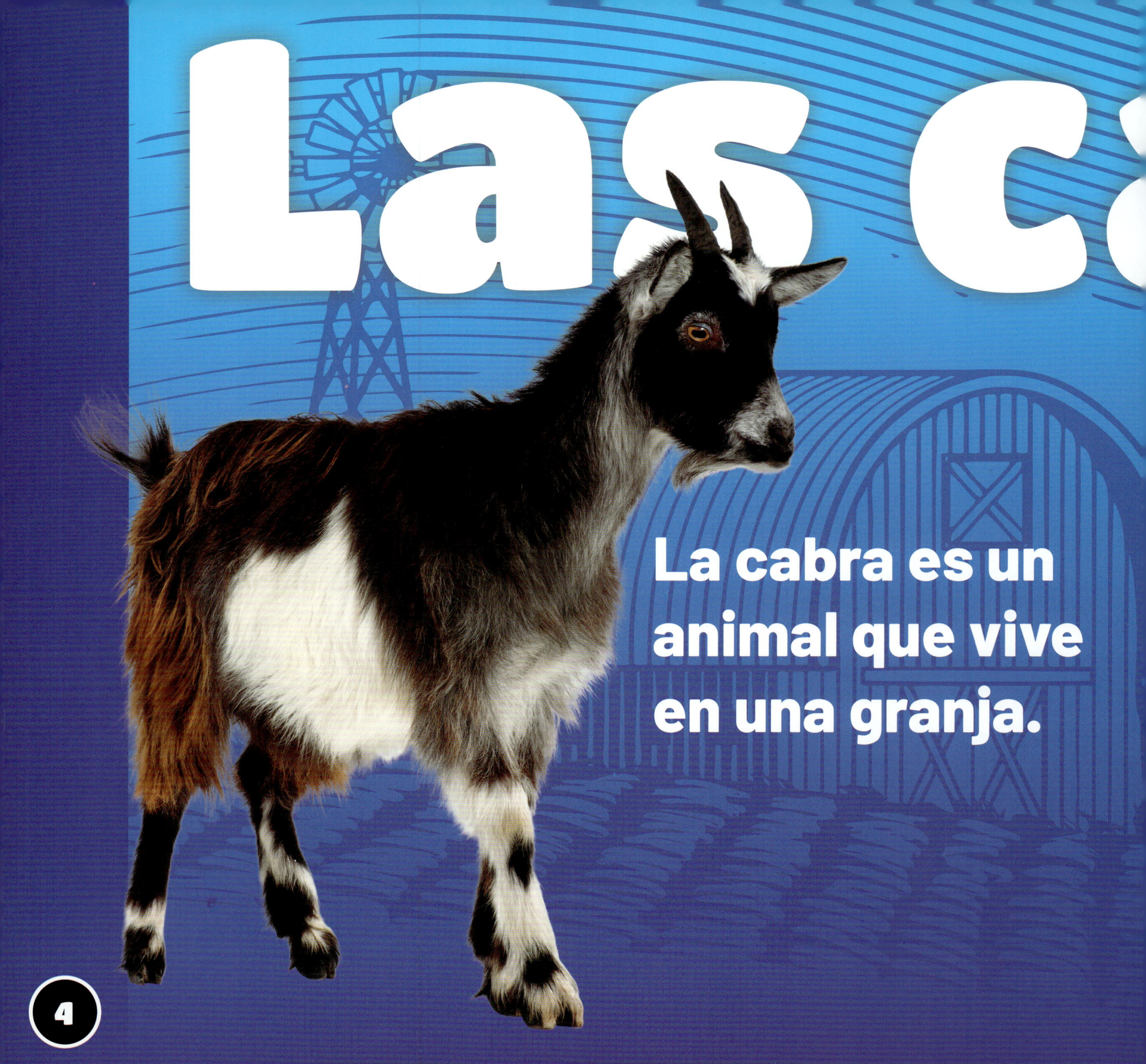

La cabra es un animal que vive en una granja.

Los granjeros las crían por su leche y su lana.

Hay cerca de 1.000.000 de cabras en Texas.

La cabrá bebé se llama chivo.

La mayoría de los chivos nacen en primavera.

Las cabras tienen cuatro patas muy fuertes.

Al final de cada pata, tienen una pezuña.

Las pezuñas de las cabras tienen dos dedos.

La cabra tiene cuernos en la cabeza.

Tanto los machos como las hembras tienen cuernos.

Los cuernos de las cabras nunca dejan de crecer.

Las cabras se comunican entre sí haciendo "baaa".

Este sonido se llama **balido.**

Las cabras comen arbustos y hierbas.

Pasan la mayor parte del día comiendo.

Las cabras mastican su comida **dos** veces.

Las cabras son excelentes trepadoras. Algunas se trepan a los árboles para comer bayas.

Las cabras son muy sociables.

Les gusta vivir juntas en grandes grupos.

Las cabras necesitan mucho espacio abierto para comer y pasear.

Los espacios abiertos las ayudan a mantenerse sanas.

DATOS SOBRE LAS CABRAS

Estas páginas ofrecen información detallaca sobre los interesantes datos de este libro. Están dirigidas a los adultos, como soporte, para que ayuden a los jóvenes lectores a redondear sus conocimientos sobre cada sorprendente animal presentado en la serie *Animales de granja* y por qué se crían en las granjas.

Páginas 4–5

La cabra es una animal que vive en una granja. Wisconsin es el estado que más leche de cabra produce. En el mundo, se consume más leche de cabra que de cualquier otro animal. Las cabras también se crían por su pelo. El pelo de cabra se teje para fabricar telas suaves que se usan para hacer mantas, o se hila y se usa para hacer suéteres.

Páginas 6–7

La cabra bebé se llama chivo. Las cabras preñadas tardan unos cinco meses en parir a sus crías. Las crías se llaman chivitos. Las cabras pueden tener camadas de hasta seis chivos por vez, aunque es muy común que tengan mellizos y trillizos. Cada chivo tiene un olor único que ayuda a su mamá a reconocerlo.

Páginas 8–9

Las cabras tienen cuatro patas muy fuertes. Cada una de sus patas termina en una pezuña hendida, o de dos dedos. Por la forma de su pezuña, la suela blanda y la separación de los dedos, las cabras tienen tracción en casi cualquier tipo de terreno. Las cabras domésticas adultas suelen pesar unas 100 libras (45 kilogramos), pero algunas razas pueden llegar a pesar 250 libras (113 kg).

Páginas 10–11

La cabra tiene cuernos en la cabeza. Los cuernos de la cabra son huecos y pueden tener curvas o rulos como un sacacorchos. Las cabras usan sus cuernos para protegerse de los depredadores. Los machos suelen tener cuernos más grandes que las hembras. Una cabra estadounidense que se llamaba Tío Sam tuvo el récord mundial de envergadura de cuernos, con 52 pulgadas (132 centímetros) de ancho. En 2017, una cabra austríaca llamada Rasputín superó este récord. Sus cuernos miden 53,23 pulgadas (135,2 cm) de punta a punta.

Páginas 12–13

Las cabras se comunican entre sí haciendo "baaa". La mayor parte del tiempo, las cabras son animales relativamente silenciosos. Cuando la cabra bala, es porque quiere llamar la atención o está estresada. Cada cabra tiene un balido único. Esto ayuda a las mamás a identificar cuál de sus crías la está llamando.

Páginas 14–15

Las cabras comen arbustos y hierbas. Las cabras son rumiantes. Esto quiere decir que son herbívoros con estómagos de cuatro cámaras. Para digerir la comida por completo, las cabras deben masticar y tragar la comida una vez, regurgitarla y volver a masticarla. Este complejo proceso digestivo les permite comer rápido y guardar grandes cantidades de forraje, como pasto y heno, para digerir más tarde.

Páginas 16–17

Las cabras son excelentes trepadoras. Habiendo tenido que adaptarse para sobrevivir en terrenos montañosos y empinados, las cabras son increíblemente ágiles. Se sabe que algunas razas han trepado acantilados, diques e incluso árboles. Las cabras tienen una inclinación natural por el forraje y muchas veces se paran sobre sus dos patas traseras para comer de las ramas bajas de los árboles.

Páginas 18–19

Las cabras son muy sociables. Las cabras son animales mansos que prefieren vivir en compañía de otras cabras. Suelen vivir en grupos llamados rebaños. Los rebaños de cabras son liderados por una cabra macho, o macho cabrío, y una cabra hembra. El tamaño promedio de los rebaños de cabras en los Estados Unidos es de aproximadamente 30 cabras.

Páginas 20–21

Las cabras necesitan mucho espacio abierto para comer y pasear. Las cabras son buscadoras instintivas y son felices cuando pueden deambular libremente por el campo. Los granjeros deben colocar los pestillos de las puertas fuera del alcance de las cabras al construir las cercas o corrales. Las cabras son muy inteligentes y pueden aprender a abrir los pestillos.

Step 1
Go to **www.av2books.com**

Step 2
Enter this unique code

AVC23656

Step 3
Explore your interactive eBook!

AV2 Spanish is optimized for use on any device

Published by AV2
350 5th Avenue, 59th Floor New York, NY 10118
Website: www.av2books.com

Library of Congress Control Number: 2019955515

ISBN 978-1-7911-2214-0 (hardcover)
ISBN 978-1-7911-2215-7 (multi-user eBook)

Printed in Guangzhou, China
1 2 3 4 5 6 7 8 9 0 24 23 22 21 20

032020
101719

Spanish Project Coordinator: Sara Cucini Spanish Editor: Translation Services USA LLC
Art Director: Terry Paulhus English Project Coordinator: Jared Siemens

AV2 acknowledges Getty Images, Newscom, Shutterstock, Alamy, and iStock as the primary image suppliers for this title.

View new titles and product videos at www.av2books.com